푸른 공명

푸른 공명

이희수 시집

52

시와정신시인선

시와정신사

■

시인의 말

　미미한 생명들이지만,

　열악한 위치에서도 거친 숨결이 아닌 고운 숨결로 본성을 잃어버리지 않고, 주저 앉지도 않는 이 세상 모든 뜨거운 생명들에게 갈채를 보냅니다.

　작고 허술한 저의 글은 그들과의 상호 교류입니다.
　우주의 큰 눈동자로 내려다보면 저 또한 그들과 별반 다르지 않습니다.

　　　　2024년 가을

　　　　　이희수

차 례

005 시인의 말

_____ 제1부

013 파송되다
014 붉은 벽돌 성당
015 생화
016 바닷가 소식
017 밥
019 버스 정거장 야채를 판다
020 푸른 공명
022 갈치장수의 노래
024 씨앗 단상
025 결동하다
026 위태하다
027 뿌리 근처
028 장사항
029 단단한 숲
030 갯벌

____ 제2부

033 천북

034 목리

035 황제처럼

036 덕소 가는 길

037 벌판서 안부 묻다

039 낡은 농구화 한 켤레가 놓여 있다

041 박 반장

043 잎차례

044 짠지 해서 밥 먹는다

045 인연생因緣生

046 구월에 부치는 편지

047 개복숭아

048 방아다리

049 마지막이라는 말

_____ 제3부

053 가래여울

054 자전거 안장 위의 풍경

055 회항하다

056 불온하다

057 구월 편지

059 명일동 134번지

060 서울 소식

061 달팽이

062 근수

064 겨울나무

065 이엉

066 부재

067 귀족

_____ 제4부

071 물오리 가족

072 내밀하다

073 뱅어포

074 꽃배롱

075 민들레 민 씨

076 재 넘어 거기

078 도둑 비둘기

079 등나무

080 낮 날, 사마귀

082 복사꽃 핀다

084 책장 정리하다

085 눈 내린 밤

086 동지 밤

087 곰팡이

089 터미널에서

090 좌판 앞에서

091 同伴하다

092 │해설│
사소한 것들이 이루는 '푸른 공명', 그 단단한 숲 │ 박진희

제1부

파송되다

등대는 깜박이는 불빛의 모스부호를 바다에 쏜다
회항할 좌표를 잃어버린 밤바다의 선박이 타깃이다
등댓불이 조타실 유리창에 타격되면 수신 완료다
나는 언제나 뭍을 딛을까
부표 없는 수평선엔 파고도 높다
새벽 어시장 활어처럼 젖은 바닥서 푸드덕댄다
밤새 널어놓은 바다에
동공도 쪽빛 물이 드는지 눈꺼풀이 무겁다
풀포기 없는 방파제를 걷는다

퇴근이다

붉은 벽돌 성당

전주에 가면 둥그런 첨탑, 파란 지붕의 붉은 벽돌
성당이 있다
한 장 반쯤 떨어진 배롱나무 한 그루
벽돌의 삭막함을 둥그렇게 매만진다

행락객들이 붉은 꽃 사진을 찍는다
배롱나무와 붉은 벽돌 성당이
'찰칵' 눌러댄 풍경으로
흘러가는 시간에 쐐기를 박는다
붉은 벽돌에 고풍 성당
신부님이 걸어 나와 그간의 안부를 묻는다

전주에 가면
붉은 벽돌 성당과
더울수록 더 붉은 꽃 배롱이 있다

생화

중앙선 밟고 리어카 간다
피천이리라
어느 일이 먹차로 새로 시작했을까
밤공기 추진 밤
도로의 살피 위를 리어카 잔달음으로 간다
희미한 불빛 속, 허접하다
넘겨봐야 피천인데 콩케팥케 싣고 간다
가멸치 않다
이따금씩 버스나 대형트럭을 만나면 주춤한다
헤드라이트 불빛 밖은 어둠, 절벽이다
후미의 불빛 리어카의 앞을 밝혀 준다
자정 임박한데
단물나는 리어카가 남루한 사람을 밀고
뽀짱있게 간다

바닷가 소식

앞마당 가득 수평선을 들여놓고
파도 소리 갈매기 소리 먼바다 소식 듣습니다
집 뒤에 달마산이 다 막아
세상 험한 소리는 안 들립니다
피고 지는 동백 소리만 붉게 들리고
절벽에 부딪는 파도같이
흉중엔 차가운 해풍만 밀려옵니다

바다에 나가서는 영 돌아오지 않는다며
아무렇지도 않게 말합니다
그런저런 이유로
입에 댄 사십여 년, 쓴 담배도 달게 피며
헌 신문지처럼 구겨져 잡어를 골라냅니다
이는 파도를 닮아
가르릉 가르릉
숨 쉴 때마다 목에선 파도 소리만 납니다

밥

내가 밥을 많이 먹는 이유를 아세요
한번 먹을 때 왜 많이 먹는지 아세요
집에 밥할 쌀이 없었다면 믿겠어요?
"엄마 발이 가려워요"
한겨울 푸르딩 언, 아이들 발을 붙잡고
볼에 비비고 가슴에 넣으며
면도날로 가슴을 긋는 쓰라림
당신 있어 보았나요
폭우가 쏟아졌던가 그 해 겨울
공장이 넘어진 뒤 남편은 쓰러졌어요
동상이 무언지도 모르는 풍요의 끝에서
연탄도 못 사 때는 냉골에 집 안처럼
빈곤에 막다른 골목 끝, 세상에 서게 되었어요
세상물정 모르는 여자라고 뭐라 하지 마세요
갈퀴손이 된 걸 뭐라 하지 마셔요
식당이 끝난 저녁이면
들로 산으로 땔감과 박스를 주우러 다녔다고
뭐라 하지 마세요
음식점 남은 밥을 몰아 가는 것을 뭐라 하지 마셔요

큰일도 겹겹이면 울음도 나오지 않는다던가요
모두 잠든 한밤이면
쏟아지는 울음을 꿀꺽 넘겨야 했어요
아이들은 수탉처럼 컸고
남편이 완쾌하듯 사업도 일어났는데
지나간 날들이 서러움으로 다가온다며
마주 앉은 탁자 건너편
가만히 눈가가 붉어지던 사람

버스 정거장 야채를 판다

구부정한 저 노파 진종일 밭에서 살며 돌을 골라낸다 이런저런 서글픔의 이유를 자꾸 골라낸다 골라 내고 메우다 보면 이 밭처럼 평평해지겠거니, 살아오며 골라내지 못한 맘속 돌을 골라 흙을 덮는다. 덮다 보면 생살이 돋기도 하는 걸까. 어디로 갔을까 딸기를 두고 밭 가운데 움집을 두고 괭이며 호미 쇠스랑을 그대로 다 두고 유월이면 캔다는 마늘을 두고 오지도 가지도 않는 사람들. 가고 싶어도 거슬러 다시 가지 못하는 시절처럼 구부정해져 버린 이들, 그래도 또 다시 씨앗을 뿌리는 사람들. 구름처럼 허허로이 떠밀려간 사람들 내 안에 기쁨이란 게 뭐 있을까 까닭 없이 겨운데 사람 쏟아지는 명일동 구 단지 버스 정거장 "천 원이요 천 원" 호박잎 몇 장 들깻잎 몇 장 집으로 돌아가는 사람들의 발자국 앞에서 말소린 입속으로 자꾸 말려 감기는데 커다란 버스가 허공 속, 밀어두었던 제 몸체를 쑥 빼 버리자 컴컴해지는 허공이 아귀같이 큰 입을 벌리고 섰다 다 팔지 못한 푸성귀를 거둬들이는 저, 저 구부러진 등허리.

푸른 공명

서리를 밟고 대숲으로 들어간다
숲이 우려낸 공기가 아침햇살에 파랗게 번진다
두 뼘마다 박힌 마디, 고비마다 마디를 딛고 일어섰다
쓱싹쓱싹 한 움큼의 톱밥을 쏟으며 겨울 대를 썬다
금방이다, 한 생이 끝나는 건 금방이다
푸른 대, 시신을 끌고 산길을 내려온다
울퉁불퉁한 길의 요철이
형해形骸를 타고 올라 소리씨를 만든다
마디마다 생겨난 소리씨들이
마디 속을 통통 튕겨 소용돌이로 솟구친다
벽에 부딪쳐 다시 튕기는 탱탱한 소리 공,
막힌 마디를 넘은 소리가 대숲에 퍼진다
마디와 마디 사이의 막힌 일상 속에서
내 생각의 중심은 어디일까
톱날에 댄 마디처럼
막힌 흉중의 한가운데를 저 톱날에 썰어 볼까
싸락눈 내리는 한밤중, 대숲은 적막하다
싹둑 잘린 아픈 마디에 푸른 피가 흥건하다
땅 속, 뿌리 진동에 귀 기울일 적에

저 아래 죽순 움트는 소리가 올라온다
베어진 자리 옆이다

갈치장수의 노래

칙칙 늘어진 골목을 갈치장수 지나간다
반짝이는 갈치들의 은빛, 눈을 뜰 수 없다
벌떡 일어나 바다 가는 방향 물어볼 것 같다
떴^따의 강한 악센트로 더욱 푸드덕댈 것 같다
트럭 바닥은 입항한 어선 바다, 차곡차곡 쌓여진 갈치 궤
짝들이
짭짤한 어선 바닥에 누워 있다
갈치장수의 음이 헤엄쳐 나간 바다 속을 한 소절씩 따라
가 본다
그는 바다 속 생갈치처럼 유연하게 나갔지만
어푸! 어푸!
나는 자꾸 숨이 끊겨, 갈치 장수가 헤엄쳐 간
음정 속을 따라가지 못하고
물 간 갈치처럼 수면 위로 떠올라야 했다
눈을 떴다 감았다 하는 갈치가 한 마리에 백 원
열 마리 한 박스에 천 원
빤한 저 거짓말 속, 실없는 소리 끝
갈치 장수가 잡고 싶은 것이 뭘까
멸치 떼처럼 생각 덮는 고만한 근심, 근심들

뱃전이고 1톤 짐칸이고 살아있을 동안
가난한 주부들의 표정들 따주고 싶었던 건 아닐까
눈을 떴다 감았다 하는 갈치가 한 마리에 백 원
열 마리 한 박스에 천 원
기적을 울리듯 골목 끝 바다로 멀어지는 통통배 한 척

씨앗 단상

씨앗 속 들여다보면
물과 햇볕 바람 실어 나를 사관부가
씨앗 전체에 부챗살처럼 펼쳐져 있는 것이다
흙 속에서 제 스스로 압축을 풀어내기까지
적상추 저 티끌만 한 씨앗 속에
열 개의 눈과 귀
열 개의 팔다리를 축소해 놓고
죽은 척 시치미를 떼고 있는 것이다
물 한 방울 햇볕 한 뼘 바람 한 점 없는 날들
씨앗 속, 건조한 방에서 파일로 말라 있는 것이다
오래 참은 숨을 토하듯
햇살 속 온기를 조리질해
촤르르 촤르르 압축파일 푸는 것이다

생은 오래 참는 것이라며
맛깔난 상추로 솟는 것이다

결동하다

세상의 빛을 온통 제 쪽으로 끌어모은 나무들이
빈 구석에 가지를 뻗어 허공을 환하게 채우는
햇볕 길지 않은 날
갈대 저 너머 시월은 강물도 선선하다

뿌리만이 나무가 견뎌온 날들 기억했다
물관부 속 밀어 올린 날들이 축축한 물무늬로 너울져 있고
사관부 속 대차대조표 산출하느라 뿌리는 골몰하다

무엇을 잃고 무엇 얻었던가
무엇 남고 무엇이 떠났는가
울먹이던 이가 앉았던 벤치엔
사선 목 단풍잎 떨어진다
내내 입 다문 사람들처럼
다시 움틀 때까지 함묵해야 한다
외올실의 껍질만으로
결동해야 한다는 것을 알고 있다
번지수 없이 선, 나무 나무들

위태하다

안개 비 온다
어쩌다 저리 망연히 앉아 있는 것인가
미사리 도로 위
새 한 마리 앉아 있다
콩새인가 비둘기인가
승용차 쌩하고 바람 일으키며 달린다
큰 화물차 바람을 또 가른다
차들이 씽씽 달릴 때마다
바퀴 사이에서 중심을 겨우 잡는 저 새
혹여, 생명의 불 꺼뜨리지 않을까
사선의 골짜기 무사히 넘을 수 있을까
백미러로 보이는 젖은 날개로
몸에 중심 잡느라 퍼덕인다
저 아찔한 새는 나 아니었을까
붉은 신호 푸른 신호의 경계 넘나들던
나는 아니었을까
백미러 속에서 멀어진 포도 위
생사를 알 수 없는 새의 잔상이
오래도록 내 동공 속에 남아 있다

뿌리 근처

아파트 뜰 치자나무 심어져 있다
꽃의 향기 은은하게 퍼져 나왔다
흰 꽃은 지고 11월 당도하고
간 밤 내린 눈이 수북하다
저 치자 봐라
아직 가지의 잎 붙들고 있다
잎사귀마다 푸른 기개 번쩍이고 있다
톡 부러질 여린 치자나무의 무엇이
악착같이 잎을 붙들게 하고 뿌리 근처에 눈 녹였을까
언 땅 속 무슨 결의라도 있었던 것일까
겨울 견뎌낸 파들이 도열하는 사병들처럼 기세등등하다
3살 6살 나와 동생은 작은 치자나무였다
그때 나는 무슨 생각으로
엄마의 꽃상여를 신나게 따랐을러나
파밭 옆, 움푹한 유년이 아슴한데
춥고 아린 밤, 뿌리 근처가 푸슬푸슬하다

장사항

깜깜 새벽을 열어 바다에 시동 건다
푸른 바다 위, 진종일 뱃전에 몸뚱일 널다
노곤해져 회항한다
비릿한 뱃머리로 너울성 물결을 넘는다
소금기 밴 하루를 건너가는 통통배여,
내 일생 노역의 바다여
저기 등댓불 보인다
어서 집으로 가자
저물녘 부두에 닿으면
큰 바다도 순한 짐승이다
포구집 쓴 소주가 꿀처럼 달다

단단한 숲

파인 자리는 상처였을까
아름드리 저 상수리
마디마다 옹이 박혔다
쓰게 건너온 눈물 자리마다
관솔불 파랗다
폭풍이 오려는지
저녁 숲에선 물비린내 난다
숲의 만灣에서 나무는
배를 까뒤집고 뿌리째 뽑히지 않는다
달이 뜨면 옹이 진 자리 욱신거린다
가슴에 박힌 멍이 깊어지기 때문이다
새소리 귀를 찢는 아침
저마다 햇볕 향해 오르느라 들썩인다
숲, 옹이 박힌 나무들로
더 단단해진다

갯벌

내 몸뚱이는 짜, 살아 있어서 그래
대천 바다에 젖어서 그래
삽으로 젖은 갯벌 한 장 걷어내
송송 소금을 뿌렸어

물이 들어올 땐 바람을 앞세우지
뒤꿈치 물어뜯는 바다는 온기가 없어
시간은 냉정해 빨리 걸어야 해

통째로 뽑히는 게 삶이라지, 맛조개처럼
얼마나 버티며 살아낼 수 있을까
울러맨 망태기 속, 갯벌이 숨 쉬는 소리
저녁 바다에 어둠 내리고 뭍으로 찍힌 발자국마다
해풍이 스며들며 토닥인다
긴 하루였어, 오늘도 살아남았어
그걸 자축해

제2부

천북

섬에게 가 닿으려고
너에게 가 닿으려고

바다는 밤새
파도를 조리질해
갯벌에 길을 내었다

목리

낙우송 서 있던 자리 휑하다
베어진 자리 나뭇결만 남았다
위연륜爲年輪 없음을 다행이라 생각지 않는다
내내 안온한 생 왠지 좀 싱겁지 않은가
일상은 거듭되는 나이테의 도돌이표
나는 물고기로 해마다 옆구리에 줄무늬 선명해질까
벌목되기 전 나무의 생애가 뿌리그루에 출렁인다
거듭거듭 사계절 제 속에 새기며
벌목되어서야 전 생애를 드러낸다

아주 죽었다 하지 마라
예봉산 동쪽 오르다 보았다
뿌리만 남은 파면목리波面木理가
싹을 키우고 있다

황제처럼

거리서 산다
암사역 부근이 그의 집이다
뼈아픈 이별이 있었는지
이 구역을 벗어나지 않는다
집이 어딘지 식구는 몇인지
나이도 이름도 알지 못한다
햇볕 좋은 오늘
신문을 읽다 반색하며 달려온다
볼 때마다 경례와 머리 숙여 같이 인사를 한다
둘 중 하나만 해도 고마운데 함께 한다
영악하고 약삭빠른 동공은 없다
언제나 싱글벙글한다
앞문을 열고 아는 척하는 내게
거수경례와 허리를 평소보다 더 푹 숙인다
아예 코가 땅에 닿는다
누가 저렇게 내게 황송한 인사를 올리나
왕처럼 황제처럼

덕소 가는 길

똥방개 같은 애들과 조석은 잘 끓어 먹을까
홀아비 남동생이 못내 안쓰러웠다
한겨울 한강 빙판을 내내 걸어오신 노구의 몸
아버지는 고모를 데리고 미사리 언 강을 다시 건넌다
아버지도 고모도 내내 말이 없다
다만 투박하고 못 박힌 손을 서로 놓지 않는다
강이 풀리면 광진교 넘어 워커힐을 돌아 덕소로 간다
육순 남동생이 칠순 누이를 데리고 간다
논물 따라 강물 따라 덕소로 간다
쉬거니 걷거니 했을 늙은 오누이의 고단하고 노쇠한 먼, 길
앞서거니 뒤서거니 내내 따라오며
위로가 되어주던 덕소 가는 저만큼
진달래 핀다

벌판서 안부 묻다

산서면 벌판에 눈 내린다
젖은 논바닥도 두럭의 검불도 다 덮어 버렸다
찬바람 왕성한 벌판엔 저녁만 몰려올 뿐
오가는 사람이 하나 없다
한 때를 다 놓아 버린 나무들이
푸르던 날들을 바라볼 때엔
한껏 피어올랐던 계절이 추억처럼 피어오른다
흩날리는 눈 속에 걸어오는 사람처럼
내가 내게서 분명치 않다
일월도 끝이 나긴 할까
언 발을 굴러 제자리 뛰기를 하면
슬금슬금 추워지는
등짝의 이 한기가 가셔질 건가
이월 달력을 넘기면 울타리 밑, 풀뿌리들이
땅 위로 목을 뽑아 올리느라
뿌리 근처 흙이 고물고물 부풀어 오르고
그때쯤, 능수버들 가지도 수상쩍었던가
오르던 산행길, 뽑아 씹은 솔잎처럼
실팍한 버들 눈을 깨물면

내 몸에도 푸른 피가 돌 건가
찬 겨울 속, 나무들이 서 있다
겨울을 건너는 사람들처럼
납빛의 사람들이 서 있다

낡은 농구화 한 켤레가 놓여 있다

밭에 어둠이 깔려온다
270밀리 농구화 다소곳 놓여 있다
9월처럼 10월도 막 뜯겨지는 중이라
밤이면 타개진 옆구리가 시렸다
후레쉬한 구두 아니어서
겉창도 밑창도 요란하지 않았다
어디쯤 가고 있을까
다른 계절로 걸어간 사람처럼
내 앞 맞닥뜨려지는
시간에 계단들 탄력 있게 감싸 안았다
떠나온 만큼 나는 잔박해졌다
질척한 나의 토란밭 지날 적엔
터진 재봉선으로 물이 새어 들어왔다
다 젖어버린 한쪽 발처럼
살면서 죄다 잃어버린
내 본성이 허망하였다
그러한 멀지 않은 날의 기억들이
어스름처럼 쌓이는 들판, 밭머리
허름해진 사람 하나와

허름한 신발만 덩그러니 남았다
잊히고 싶지 않은 걸까
돌아보면
저만큼 누군가 서 있다

박 반장

늘 장미 담배를 입에 물고 살았다
전국에 무거운 주유소 간판 시공하며
잔뼈 굵은 시공팀 책임자였다
갓 입사한 나는 사각 플라스틱판에 수십 개의 형광등
총총히 고정했다
그는 작업자를 몰아쳐 굳은 시멘트 바닥에
기둥을 세우는 일 순식간에 해치웠다
억세고 거친 작업에서 작업자들은
손가락이 잘려 나가기도 하였다
비 오는 날 빼고는
늘 찬바람 흙바람 부는 거리에서 시커먼
반장의 광대뼈는 더욱 툭 불거지고 광이 났다
수십 개의 형광등 박힌 LG 혹은 SK 로고
주유소 전광판을 ㄱ자 쇠기둥에 연결하자
순식간에 어둠이 물러갔다
곁꾼으로 불려 다니던 6개월
캄캄한 나도 주유소 간판 불 아래서는 환해졌다
주유소를 지나가며
행인들의 무표정한 얼굴도

불빛 아래에서는 낱낱이 다 읽혔다
박 반장은 국도광고(주) 금실 박힌 작업복을
훈장 단 군복처럼 입고
장군처럼 출퇴근하였다
출입구 옆, 화단엔 개망초가 무성했다
어두워지면,
세탁공장 굴뚝에서 누리끼리한 연기
병든 콧물처럼 하늘로 번졌다
구로동의 봄, 1985

잎차례

나무는 이제
환하던 꽃송이와 이별해야 합니다
잎을 틔워야 하는 새로움 앞에
더러는 보내기도 해야 하는 사월입니다
설렘으로 맞았으니
서운하게 보내야 하는 것도 있기에
가슴 한편이 심란하기도 합니다
그러기에
나오는 새잎도 조심스레 발길 더딥니다
잘 가 그대
손 흔들듯
落花에 남몰래 그렁그렁해지는
뿌리 속 離別 파장에
나무도 바람 핑계로 가만히 흔들리는 겁니다

짠지 해서 밥 먹는다

점심을 혼자 먹는다

맹물 속, 그릇바닥 훤히 들여다보인다

마룻바닥에 퍼질러 짠지 해서 밥을 먹으면

등골이 서늘해지기도 하는 것이다

살면서 너무 큰 것 바라지 않았는가

짠지 하나로 밥을 먹으면

짠지 해서도

온전하게 밥을 먹을 수도 있다는 것 알고 나면

한 수저에도 더 많이 얹으려 한 내가,

이것저것 더 많이 가지려 한 내가

내게 죄스러운 것이다

달랑 짠지 해서 밥을 먹으면

온몸 하나로 흰쌀밥 대적하는

맹물 속 짠지를 닮고도 싶은 것인데 실은,

살면서 안팎으로 온통 짜진 내게

짜지도 싱겁지도 않은 딱, 그 중간에

긍정의 소금간을 치고 싶은 것이다

인연생因緣生

밤이 새벽으로 기울수록
연잎은 연무 걸러 모은
이슬을 점점 몸의 중앙에 받는다
세미원 그 많은 연이
제 속에 그러쥔 욕심으로
단 한 번도 잎을 찢거나
줄기 부러뜨린 적 없다
수면 아래 뿌리와 물 위, 잎의 심심상인
탐욕 덜어내고 흐린 물속 중심 잡고 있다
그런 까닭으로
마침내 합수머리 가득
난화暖和한 연화蓮花를 피워내고도
씨방 가득, 연자蓮子

구월에 부치는 편지

강물을 두고 일어서면
문득
잊힌 얼굴 떠오릅니다
오련했던 그대 마음 떠오릅니다
딴에는 살았다고 했지만
저 강물처럼 선선하지 못했습니다
강을 두고 일어서면 회한이 몰아칩니다
까닭 모를 서러움 등짝을 후립니다

버리지 말아야 할 것들 버린 까닭입니다
버려야 할 것들 버리지 못한 까닭입니다

개복숭아

나라고 돌 틈서 피고 싶었겠느냐
일생 동안 벗어 버리지 못하는 이름 앞에 붙은
개라는 말
나라고 평생 멍에로 걸고 싶었겠느냐
속살 많고 달달한 복숭아처럼
튼실한 과육으로 탈바꿈하고 싶었다
콸콸 계곡물 북한강으로 쏟아지는
여기쯤 나도 살고 싶었다
잔치집 파할 무렵
마당 한구석 초대받지 않은 여인旅人처럼
나 그대의 눈 밖
강벌판서 꽃을 피운다
누가 뭐래도 나도 복숭아고
누가 뭐래도 나도 꽃이다
봄이면 군청 직원 벼린 낫으로 죽어라 쳐내도
또 살아 꽃을 피우는 개복숭아다

방아다리

Y자로 뻗은 부분에 달린 가지
곱사등이처럼 크지도 않고 여물어간다
첫 열매지만 농부에겐 애물단지라
툭 따 낸다
첫 열매를 잃어버려 얼마나 쓰릴까
떼어낸 가지에서 핏물이 비쳤다
나는 무슨 짓 한 걸까
밭을 나올 적에 뒤 돌아다봤다

장남을 사고로 잃은 동료 만났다
아무 말도 하지 못하고 손만 잡아 줄 때
그는 가지나무처럼 두 눈만 껌뻑였다

마지막이라는 말

눈물이 묻어있다는 것이다
마지막 버스 마지막 배 마지막 만남
더는 기회가 없다는 것이다
같은 곳을 바라보고
함께하던 시간에서
뚝 떨어져 홀로 걷는다는 것이다
울어도 '울지 마' 말해주지 못하는 것이다
내가 넘어졌을 때
그대가 넘어졌을 때
내밀어주던 따스한 손이 없다는 것이다
가슴속으로 뜨거운 눈물이 스멀스멀 샘솟는 것이다
그대를 저만치 두고 막차를 타는 그때처럼
내내 안쓰러운 것이다
마로니에 잎사귀 떨어지던 혜화동 그 찻집
여간해선 잊히지 않는 것이다

제3부

가래여울

날이 차니 江도 얼었다
눈 덮인 땅 속, 달맞이 뿌리
이따금씩 방문 열고 강을 내다본다
어느 벌판 걷고 있는가
쓰러진 巨木의 정령精靈이여
그해 선선한 5월
진종일 발랑대던 잎사귀들
다 어디로 갔는가
아이처럼 종알대며 물장구치던
흰 죽지, 흰 뺨 검둥오리들아
갈대 사이로 바람만 매운데
강도 다 언 것은 아니어서
경계 부근에 고니들만 모여 있다
벌판 끝 눈발이 비친다
틈틈이 켜지는 가로등 사이로
저녁이 온다
뿌리 밖, 창문 열고 내다본 1월이다

자전거 안장 위의 풍경

구불구불한 갈대밭 자전거를 탄다 안장에 올라앉아 페달을 밟을 때 저 건너 예봉산 단풍 내려온다 바람이 강의 푸른 물결을 잘게 썰어놓을 적에 물새 한 마리 허공 중에 흰 점으로 박혀 있다 저녁이 오렸는지 바람이 차다 은빛으로 부서지는 갈대 사이로 보이는 강물이 금비늘 조각으로 일렁이고 후드득 장끼 한 마리 날아오른다 내 허리를 감싼 체온이 따듯하게 전달된다 강으로 이어지는 갈대밭엔 아무도 없다 긴 그림자만 자전거를 따라온다 그때 갈대밭에 맑은 바람 흙길에 새겨진 자전거 바퀴 자국 강 건너 덕소 아파트에 반사된 황금빛 햇볕 아직 워커힐 뒷산에 해가 걸려있다 늘 이월에 강물처럼 차게 흐르라던 그대의 나직한 음성 아직 귓가에 맴돈다 오랫동안 잊히지 않는 미사에서의 그 어느 날

회항하다

시월은 모천어가 회귀한다
베링해서 살다
남대천 거센 물살을 치오른다
고향 냇가를 잊은 적 없다
꼬리뼈에 몽고점은
기억의 저편, 찬 수평선 위에
혹은, 바람 찬 몽골초원 게르서 올려다 본
조국 밤하늘의 편린이었을까
디아스포라, 북대평양 돌다 돌아올 때
남대천 숲은 더 풍요롭다.

불온하다

참수된 시체처럼 몸통만 남았다

사다리차 올려지고
전기톱 돌아가고
공영차고지 울타리 무성했던 나무들
무성했던 창공은 순식간에 잘려나갔다
통밤 불안하고 좌절했다
잘려나간 우듬지 끝에서 밤새 파란 피 흘렀다
감원이다
불경기다
연부년 소망이 작아지고 잘려나갔다
달포 지나자 우듬지 끝에서 무성하게 솟았다
우리처럼
어떻게든 살아보려 안간힘을 썼던 것이다

구월 편지

구월입니다
내게 있다가 홀연히 잊혀진
별똥별 같은 이름을 불러봅니다
그 이름들 중에는 아직
대지를 붙잡고 있는 사람들도 있고
별빛으로 아스라한 이들도 있습니다

함께 지내온 일들이 기억 속에 명멸합니다
혜화동, 밤 새워 얘기하던 기억이 생생합니다
떠났습니다
간다는 말도 없이 떠났습니다
믿기지 않지만 믿어야만 하는 일입니다
다른 봄이나 가을에는 당신이나
나의 차례입니다

우리는 모두 별입니다
생생하던 그대 홀연히 떠나도
나 또한 그대 기억에 희미해도
서로가 저편에서 환합니다

잊히고 희미해진다는 것은 눈물 나는 일입니다
이미 떠난 그대도 그러했을 것입니다
그러나 많이 울지는 않으렵니다
문학이 없었다면 나는 폐가廢家입니다

명일동 134번지

구단지 한양아파트 사거리
뻥튀기를 산더미처럼 햇살 모서리에 부려놓고
뻥튀기 장수 장기를 두네
뻥튀기야 팔리거나 말거나
내 알 바 아니라고 장기를 두네
느리게 지나가던 행인 하나
망태기처럼 쪼그리네
가던 길 저만큼 내던지고 입속으로 훈수하네
생각했던 자리였는지 무릎을 치며 동조하네

한양 정원에 목련 눈보다 더 희네
오전 내내 뻥튀기 하나 팔았을 뿐이네
구 단지 사거리, 우리 집 자리
그늘 자리 깊기만 하네

서울 소식

가세요
이젠 돌아가 주세요
쪼그리고 앉아 눅눅한 방에 불을 지필 적에
어른거리는 사람아
문득 누군가 와 있을 것 같아
어스름 지는 밖을 자꾸 쳐다봅니다
환하게 웃으며 들어설 것 같은
서울 먼 땅에 있는 그 사람
자꾸만 대문 밖을 쳐다봅니다
밤이면 산마을에도 연수戀愁가 돋습니다

어머니 하며 환한 얼굴 가득 서울 소식을 담고서
흰 블라우스 소매로 들어서는 사람
나는 자꾸만
어두워지며 대문 밖을 쳐다봅니다

달팽이

어쩌다가 들어선 것일까
개울가를 걷다
뜨거운 포도 위 마른 달팽이 한 마리 보았네
뭇 발길 속 뭉개지지 않고 용케도 살아있네
자기가 게워낸 육즙으로
말라가는 육체를 적시네
살기 위해
제 육즙을 다시 마시고
건조한 생을 밀고 있네
저 힘겨운 삶의 흔적
낯설지 않은 모습 같아
한참을 쪼그려 바라다보았네
건너편 냇가에 가 닿을 때까지
일어설 줄 몰랐네

근수

근수는 얼굴이 이남박처럼 얽었다

길영이 배다른 형이고 나이 차가 십여 년 났다

근수는 혜숙이를 좋아했다

혜숙이는 목이 길고 생머리가 찰랑찰랑했다

여름이면 마당에 멍석 깔고 쑥으로 모깃불 피웠다

우린 송사리 떼처럼 혜숙이 누나와 나란히 누워 밤 별을
보았다

구월이 되자 근수가 산 너머 철거민촌 이발소 조수로 취
직했다

느닷없이 그해 늦가을 근수 동생 길영이가 병사炳死했다

우리 중 서럽게 운 이는 아무도 없다

11월 집 앞 너른 우리 빈 밭에 콩쿠르대회가 열린다고

초저녁부터 사람들이 모여들었다

동네 사람들 노래를 신청하고 받은 번호표를 당첨될

복권처럼 잠바 안 섶, 깊게 넣었다

이발사 조수 근수가 무대에 섰다

뽀글대는 비누 거품을 19구공탄 난로 연통에 슥슥

문지르던 깍사 조수 곰보는 없다

무대에 우뚝 선 근수 가히, 제왕이다.

짱짱한 전기기타로 밤을 한번 찌르릉 긁었다

섬마을 선생님, 울어라 열풍아…

불안한 음정에선 근수의 반주가 먼저 가서

카수들을 견인했다

신청곡이 다 끝나자 근수의 기타가 저 혼자

노랠 불렀다

The house of Rising Sun

어두워지는 초겨울 밤 울려 퍼졌다

'해 뜨는 집에서 사는 게 소망이다'

속소리를 토해냈다

근수가 낮은 베이스로 처연히 울 때

밤 별들이 한꺼번에 우르르 쏟아졌다

겨울나무

태양은 미지근한 온기마저 버렸다
노을 속 단풍은 노쇠하여 떨어졌고
찬비 속 빈 가지가 춥다

눈 내리는 사이로 청청한 우주가 보인다
뭇별로 떠난 소식 매운바람 속에 들려온다
정들었던 사람들을 놓기란 쉽지 않다
때로는 눈물도 난다

겨울 앞에서 나무들은 울지 않는다
다시 봄이 오기까지
추위를 견뎌 족적을 좇는다

생은 재생되지 않는다는 것을
수천의 잎을 놓으면서 나무는 알아버린 것이다

이엉

얼마 만에 들어보는 말인가요
이엉 하니 거칠고 굳은살 박인 아버지 손바닥
이 보이고 이엉 또 불러보니 잘 마른 지푸라기 냄새
코끝에 달달하고 이엉하고 길게 불러보니 모심기 전
찰랑거리는 논 물 속, 우렁찬 개구리 소리 들리고
쌀방개의 누런 금테가 보이고
추수 끝나 물 빠진 논 살얼음 보이고 빛바랜
사진 같은 철새들 보이고
저물녘 5원씩 들고 산 넘어 철거민 촌
아톰 · 요괴 인간 보러 앞서 뛰던
영양실조 내 동생의 앙상한 종아리가 보이고.

부재

울면서 시집 간 작은 누이처럼
저 산 가득 진달래 핀들
뭣이 관데요
당신은 아직 먼 데 있고
나는 이 겨울 홀로 걸어요
강 섶 무거운 가지마다 파란 피 돌면
뭣이 관데요
북한강 물비늘 수면 위에 참붕어 뛰는 유월
산란에 産故로 푸드덕댄들
대관절 그게 다 뭣이 관데요
당신 없이
당신 없이
대체 그게 다 뭣이 관데요

귀족

등 뒤에 당신 두고
원대리 산길 내려올 때 알았어요
상처 있는 날들 묵묵히 견디며
당신도 지내왔다는 것을
크고 아픈 상처도
눈물샘 꾹 눌러가며 참아냈다는 것을
쌓인 눈 속에
묵묵히 견디는 나목 보며 알았어요

주저앉지 마세요
다 잘될 거예요
더 좋은 날이 올 거예요

내게 말했지만 정작 나는
깡마른 등줄기 한번 어루만져 주지 못했어요
그런 나에게
조심해서 잘 가세요
겨울 산의 온화하고 맑은 음성으로 당신은 말했어요

자작나무, 당신은 전생엔
눈매 선한
귀족이었나 봅니다

___ 제4부

물오리 가족

맨 앞은 어미다
어미가 물너울을 밀어내고 있다
새끼들 오종종 어미를 따라간다
어미는 햇볕 속 미세한 소리를 읽어내느라 바쁘다
어미의 성긴 깃에도 새끼들의 숭숭한 깃에도 봄볕 따사
롭다
남은 날들이 지금 같으면 얼마나 좋을까
맨 뒤, 아비의 근심은 green zone 밖이다
수리의 발톱도 수면 아래 가물치도 근심이다
맨 앞에서 혹은 맨 뒤에서
어미 물오리처럼 아비 물오리처럼
출렁거리는 세상 위, 강물 건너가는 법을 배운다
내력이다

내밀하다

중앙을 부엌칼로 잘랐다
쌍쌍하다
세밀하게 잘 설계된 집
집 전체를 단단하게 지탱할 수 있는
배흘림기둥과 대들보가
붉은 양배추 중앙에 희고 선명하다
이로써 구상나무처럼
붉은 양배추 허리가 곧추섰다
나아갈 때 나아가고
구부러질 때 구부러지고
멈추어야 할 때 멈추어 섰다
서로가 어깨 감싸며 차분하다
내부가 단단한 붉은 집 한 채로 조성되었다
노련한 생이다

뱅어포

떼죽음이다
억울하단 말도 없다
사지를 펴지 못하고 A4용지 속, 압사했다
한순간에 증발하여 졸아붙은 주검 앞에
바다만 겹겹의 파도로 통곡했다
수천수만의 저 죽음 앞에 나는
죄의식도 없다
이건 뭔가 잘못된 거다

두 눈 부릅뜬 채 방파제 그 뱃전에서
새까맣게 뜬 눈으로 날 노려보면
짐짓, 나
눈 둘 데 없는 사람처럼
슬쩍, 어디 먼데라도 봐야 하지 않은가
세월호라도 있었다

꽃배롱

어쩌자는 것이냐
어쩌자고 푹푹 찌는 칠월에 왔느냐

어쩌자는 것이냐
어쩌자고 자색으로 와서
네 앞에 멈춰 서게 만드냐

어쩌자는 것이냐
아버지 임종도 못 지켰다

어쩌자는 것이냐
어쩌자고 후레자식 나를 닮았느냐

어쩌자는 것이냐
어쩌자고
다 파한 잔칫집

너 혼자 쓸쓸히 와서
단출한 밥상을 받느냐

민들레 민 씨

수서 경찰서 못 미친 정거장
정거장을 향해 가는 저 사람이 수상하다
한쪽 다리를 차도에 내려두고
다른 짧은 다리를 인도에 올려두고
발을 뗄 때마다
앉았다 일어서듯 찻길을 밀고 간다
한쪽 굽만 왜 심하게 닳았을까
다 닳은 마음을 앞 좌석에 앉혔다
잠시잠깐 쓰러지듯 걷는 걸음을 멈춰도 된다
알록달록한 패랭이 각시를 만났을까
산수유처럼 빨갛게 매달린 아이들은 몇일까
많이 캤어요 물어보면
구멍가게 까만 봉지를 들어 올리며
민들레 뿌리처럼 쓰게 웃던 사람
아무도 없어 홀아비 홀씨로
비탈 속, 차도와 인도를 걸어
저 앞 승강장으로 오뚝이처럼 가던
민 씨, 그 사람

재 넘어 거기

나도 가고 싶다, 재 넘어 거기
둥그런 함석 화덕 속, 19구공탄이 불탄다
잊어버린 옛사랑 같이 하얗게 탈색된 양은 냄비 속
보글보글 김치찌개가 끓고 있다
"눈이 와서 버스가 늦나 봐요"
술잔을 앞에 놓고 혼자 앉아 있는 내게
쉰내 나는 주인이 빈 잔을 들고 다가온다
유리창 밖으로 함박눈이 쏟아진다
장독 위엔 수북이 눈이 쌓이고
차마 말하지 못한 내 마음이 그 속에서 같이 쌓인다

버스는 오지 않았다, 온다던 그 사람도 오지 않고
숭숭한 울타리에 까마득하게 함박눈이 내린다
이유없이 스산해집니다
되짚어보니 허릅숭이
저 창 밖 나무만도 못 됩니다
수수밭에선 찬 바람만 몰려다니는데
알곡 없는 나 빈 수숫대로 서 있습니다,
함박눈 내리는 저 유리창 너머 어디쯤

다 쭈그러진 내 삶이라도 부끄럽지 않은 곳
그저 나도
재 넘어 거기 어디쯤 앉았다 오고 싶습니다

도둑 비둘기

들깨씨 뿌린 다음날
비둘기 발자국만 총총하다
재빨리 주위를 둘러보았다
한 알 한 알 세별할 틈 없었다
부뚜막에 쭈그리고 먹는 밥처럼
씹지 않고 목울대를 넘길 땐
눈물 핑 돌고 목이 막혔다
처마 밑, 양지쪽 앉아 뺨에 핀 버짐을 긁었다
스멀스멀 피어 나오는 피, 긁은 자리가 쓰리다
앉았다 일어서면
갈라진 방바닥 틈, 마신 연탄가스로
오월은 핑그르르 어질병 돌았다

등나무

　처음엔 그랬어요 처음엔 저 혼자 서지도 못하는 굽은 나무로 한 세상 곱사등이 등나무임이 우울하였지요 스스로 일어서지 못하는 저를 위해 사람들은 지지대를 받쳐 주었어요 여름 내내 잎들을 키웠어요 굽은 줄기 안으로 눈을 감고 더디고 굼뜬 희망을 줄기처럼 키웠어요 살다 보니 꼿꼿한 은행나무처럼 그늘을 만들 수 있는 나무가 되었어요 등나무 아래 벤치엔 사람들이 앉았다 가요 잠자리도 앉았다 가고 바람도 쉬었다 가요 굽은 만큼 잎을 달아 그늘을 만들었어요 살면서 늘 도움만 받는 나도 누군가의 그늘이 되고 싶어요 세상에 태어나 반짝 눈떴을 때처럼 보이는 것 모두 신비하고 내쉬던 숨결마저도 나무의 숨결처럼 파르스름하던 그때가 생각나요 굽은 나무여 입속으로만 웅얼거리는 그것 이름 붙여 희망이라고 하기로 해요 발 디딜 곳 없이 헛헛하여도 안으로 모든 기운 감추고 바람 속, 허공을 딛는 나무여 등나무여

낫 날, 사마귀

말라붙은 능소화 줄기 끝
갈색의 익은 사마귀
서슬 퍼런 낫
단단히 사려 쥐고
겁먹은 나를 향해 휘두른다

능청스럽고 음흉하게
삼각 머리, 銅綠의 두 눈
청색광선 쏟아낸다

죽을 때 죽더라도
꺾일 때 꺾이더라도
착 착 접은 앞다리
독기 품은 두 눈
누구든 와 봐
휙휙 허공 베어낸다

다 떠나고 매미만 우는
쌍 암의 한낮, 땡볕 등을 후벼 파도

고추밭에 농약 뿌리고 벌초를 하는
저 너머 재식 아재

아무도 거들떠보지 않는
안마당, 내던져진 조선낫 같은

복사꽃 핀다

칙칙한 바람을 몰고 어둠 속 전철이 온다

미련일랑 버렸다
악착같이 들러붙는 이유를 떨치고
열차에 몸을 날렸다
벗겨지지 않은 구두가 아직 한쪽 신겨져 있다
도대체 무슨 일이 내게 벌어진 거야?
의식이 망연할, 아주 그 잠깐 사이
레일 위에 붉은 비릿함처럼
사람들의 비명이 역사에 흥건했다

붉은 심장을 못 찾았네
흩어진 몸속 붉은 심장이 없네

한발만 물러섰으면 안전했겠지!
노란 선 안쪽, 맘 한 뼘만 물러났으면
마음속, 무엇이
달궈진 전열기에 달려드는 부나방이게 했느냐
찌지직 눌어붙고도 온전히 사라지지 못하게 했느냐

이제 더 이상 저녁 밥상에 수저를 놓지 않게 했느냐
너처럼 선뜻 날리고 싶었던 날들 있었다
뜨겁고 알차게 가꾸고 싶던 날들 있었다
미지근한 심장을 들고 자정을 넘는다
아직은 더운 호흡, 복사꽃 숨결아 하며
하마터면 성공했을 뻔한
내 청춘을 두고 얘기도 하겠지만

아침 신문서 본다
'명문대 재학생 납부하지 못한 등록금으로 지하철에 몸
을 던지다'

책장 정리하다

마루 한쪽 아담한 책장
아이들 책과 내 것 한데 엉켜 있다
가지런히 정리하니 어수선한 마음 가라앉는다
살아오며 정리하지 않은 날
외투 깃에 붙은 실처럼 따라붙던 걱정들

아프던 자리
하얀 백지처럼 남기야 하겠는가
그러기야 하겠는가

그래도 우린 또 아침을 열고
새벽빛 속, 다가와 앉은 저 산
찬 공기 속 깔끔한 이 아침 햇발
거기서 함께 한 젊은 날들
삶을 다한 모습으로
우리 앞에 진다고 해도

다시 우리가
겉장 없는 한 권의 책으로
맨 아래 칸, 거기에 꽂혀 있더라도

눈 내린 밤

아버지 쇠죽을 끓이신다
타닥 갈라진 틈으로 불꽃 튀며
나무 터지는 소리 난다
우리들은 꼼짝하지 않고 누웠다
꼼짝하지 않고 누워
고린내 나는 엄지발가락으로
11번 7번 채널만 돌렸다
얽힌 등나무 사이로 함박눈 내린다
창으로 수북하게 스며든 뒤꼍
어두운 내 골방마저 환했다
청솔가지를 삼킨 아궁이
꾹꾹 올라오는 속울음 삼켰다
우리들 중 누구도
아버지 눈물일랑 생각하지 않았다

동지 밤

겨우내 일거리 없는 아버지
먼 지방, 일터로 간다며
누이가 끓여준 저녁밥 들고 나선다
열린 방문 틈으로 안 마당이 슬슬 어두워졌고
그 속을 펑펑 함박눈 쏟아졌다
때 절은 내복의 형제들 이불속에서
발가락만 곰질대며 금성 텔레비전을 봤다
엄마 없는 큰 구멍을 지켜 낸 누이
누이만 아버지를 따라나섰다
허름한 아버지 따라 어귀까지 갔는지
좀처럼 오지 않았다
찬바람과 함께 들어선 눈가가 벌겋다

곰팡이

지난번 폭우 때 천장 물이 샜다
여기저기 금이 쫙쫙 간 외벽, 옷이고 장롱이고 눅눅하게
피었다
세탁소에서도 쉽게 지우지 못한 곰팡이

식솔들은 곰팡이 물을 마시고
곰팡이 핀 밥을 먹고
곰팡내 나는 공기를 마셨다
몸에서 곰팡이가 자랐다

곰팡이가 되고 싶었다
푸른곰팡이가 되어 메주라도 잘 뜨게 하고 싶었다
고양이 조는 화단 양지뜸
붉은 철쭉으로 피어나고 싶었다

방수 예치금 년 1억을 수년째 걷었는데 증빙자료가 없다
고 자치위원장을 상사로 둔 관리소장이 굼벵이처럼 말했다
그의 말에서 뒤뚱뒤뚱 걷는 오리가 보였다

곰팡내 나는 사내가 곰팡이 핀 옷을 입고 밥 벌러 간다
푸르지는 못해도
곰팡이는 되지 말자고
굽은 등으로 일하러 간다

곰팡내 나는 아파트엔
곰팽이 같은 사람들이 살았다

터미널에서

캄캄한 차창 밖, 스치는 것
깜북 벌판에 저 외등 뿐일까
일이 끝나면 어둠 속 저만큼
열두 겹 허무 바다를 밀어내곤 하였다
물안개 저 아래
겹겹 쌓인 안개를 밀어내지 발항은 없다
언 바람만 칼날 되어 베는 밤
어둔 역사에 우두커니 담배를 피워도
그대 때문에 눈물이 난다
숨을 몰아 참아도 눈물이 난다
승강장 유리창 건너
무인 섬에 당신 홀로 두는 일이나
잘 있어요 탑승하지 못하고
짐짓 외면한 듯, 막차 시간 앞 서성이는 일
저나 나나
쓸쓸하고 눈물 잦는 일이다

좌판 앞에서

아이스박스 속 바지락 담겨 있다
이따금 주머니 가난한 사람들 멈춰 선다
가벼운 망설임 끝, 묻는다
얼마예요
살까 안 살까, 속으로 셈하던 주인이 대답한다
하나도 천 원 둘도 천 원이란다
무슨 말인지 몰라 잠시 주춤한다
궁색한 얼굴에 화색이 돈다
어물전 주인도 좌판 앞 사람도 모두 웃는다
두 개 주세요
좌판 위 햇발이 철원평야로 쏜살같이 퍼져 나간다

同伴하다

강은 길과 외따롭다
그대를 따라가고 싶은 마음에
길은 강을 따라간다
길과 강은 재회한 사람처럼
저만큼 주춤대다 다시 흰 이마를 맞댄다
학이 비익한다
강은 학익처럼 희고 유연하다
강과 길이 합쳐지는 곳
트럭서 내려 강물에 손을 담근다
어디선가 당신도
이 강물에 손을 담글 것이다
한 땀 한 땀 수놓는
저 금사金紗
저물손, 강은 어슴푸레하고 아련하다

해설

사소한 것들이 이루는 '푸른 공명', 그 단단한 숲

박진희

이희수 시인이 첫 번째 시집, 『푸른 공명』을 상재한다. 시인이 문단에 나온 것은 2007년 『시와정신』을 통해서였으니 작품 활동을 시작하고 무려 17년 만에 첫 시집을 내놓은 셈이 된다. 긴 시간 동안 이어졌을 모색의 여정을 보여주기라도 하듯 시집에는 다채로운 경향의 시들이 공존하고 있다. 가령 서정적이거나 서경적인 시가 있는가 하면 사변적인 시도 있고 현실을 직설적으로 비판하는 시도 있다. 이에 따른 시적 의장도 눈여겨 볼 만하다. 의식의 흐름에 따른 시상의 전개나 하나의 기표에 연결되는 여러 기의, 기표와 기표를 넘나드는 의미 등으로 시적 긴장과 의미의 다층성을 확보하고 있기 때문이다. 그러나 이러한 시적 경향이나 의장의 폭넓은 스펙트럼에도 불구하고 시인이 초점화하고 있는 방향

이랄까 대상은 비교적 분명해 보인다. 그것은 파편화된 세계와 그러한 세계에 놓여 있는 대상들에 대한 관심이다.

시인은 부단히 세계를 진단하고 그 세계를 살아가는 존재들을 응시한다. 아니 순서가 바뀌었다. 존재들, 더 구체적으로는 주변화된 존재들을 깊게 응시하다 보니 그들이 맺고 있는 관계, 그 관계들이 이루는 사회와 세계로 자연히 시선이 옮겨 가게 되는 까닭이다. 그것들은 때때로 관념적이거나 비유적으로 제시되기도 하지만 대체로 실존적 차원의 구체성을 입고 출현한다.

1.

참수된 시체처럼 몸통만 남았다
사다리차 올려지고
전기톱 돌아가고
공영차고지 울타리 무성했던 느티나무들
줄기로 무성했던 창공은 순식간에 잘려나갔다
통밤 불안하고 좌절했던 것이다
잘려나간 우듬지 끝에서 밤새 파란 피 흘렀다
감원이다
불경기다
연부년 소망이 작아지고 잘려나갔다
달포 지나자 우듬지 끝에서 무성한 새싹들 솟았다
어떻게든 살아보려 안간힘을 썼던 것이다

– 「불안하다」 전문

첫 연의 이미지가 무척이나 강렬하다. "참수된 시체", '몸통만 남은 시체'라는 무참한 이미지도 그러하려니와 단 한 행, 단문으로 처리한 까닭에 뇌리에 강하게, 오래 남기 때문이다. 2연에 이르면 "사다리차 올려지고 / 전기톱 돌아가"는 상황이 펼쳐진다. 1연의 이미지와 연결되면서 공포스러운 분위기가 조성된다. 이것이 무성했던 줄기가 다 잘리고 몸통만 남은 '느티나무'의 모습이라는 사실이 곧 밝혀지지만 그렇다고 참혹했던 느낌이 해소되지는 않는다. 더욱이 시인은 느티나무의 줄기가 잘려나갔다고 표현하지 않고 "줄기로 무성했던 창공"이 "순식간에 잘려나갔다"고 표현하고 있지 않은가. 그저 흔하디흔한 나무줄기가 잘려 나간 것이 아니다. 그것이 공간과 함께 빚어낸 '창공', 곧 푸른 하늘이 사라진 것이다. 1연의 비유가 결코 과장되게 느껴지지 않는 까닭이 여기에 있다.

7, 8행에서는 이러한 과정이 단순히 공영차고지 울타리에 무성했던 느티나무들 이야기가 아님이 드러난다. '감원', '불경기' 등 노동자의 실존적 문제와 연결되고 있기 때문이다. 이것이 일회적인 일이 아니라는 데 문제의 심각성이 있다. 해마다 '소망'은 작아지고 그 작아진 '소망' 마저 잘려나가고 만다. 마치 "줄기로 무성했던 창공"이 '순식간에' 잘려나가듯이 말이다. "통밤 불안하고 좌절했던 것"이나 "밤새 파란 피"를 흘린 것은 느티나무이자 그것에 동일화된 서정적 자아였던 것이다.

시인의 시에서는 이렇게 자신의 의지로 어찌해볼 수 없는 현실에서 "어떻게든 살아보려 안간힘"을 쓰는 주체들과 자주 마주치게 된다. 「곰팡이」도 그중 하나다. 두 작품 모두 구체적 실존의 문제를 다루고 있지만 「불안하다」가 비장한 목소리로 불안할 수밖에 없는 상황을 토로하고 있다면, 「곰팡이」는 언

어의 환유적 기법으로 부조리한 현실을 비틀고 있다는 점에서
차이가 있다.

　　지난번 폭우 때 천장 물이 샜다
　　여기저기 금이 쫙쫙 간 외벽, 옷이고 장롱이고 눅눅하게 피었
다
　　세탁소에서도 쉽게 지우지 못한 곰팡이

　　식솔들은 곰팡이 물을 마시고
　　곰팡이 핀 밥을 먹고
　　곰팡내 나는 공기를 마셨다
　　몸에서 곰팡이가 자랐다

　　곰팡이가 되고 싶었다
　　푸른곰팡이가 되어 메주라도 잘 뜨게 하고 싶었다
　　고양이 조는 화단 양지뜸
　　붉은 철쭉으로 피어나고 싶었다

　　방수 예치금 년 1억을 수년째 걷었는데 증빙자료가 없다고
자치위원장을 상사로 둔 관리소장이 굼벵이처럼 말했다
　　그의 말에서 뒤뚱뒤뚱 걷는 오리가 보였다

　　곰팡내 나는 사내가 곰팡이 핀 옷을 입고 밥 벌러 간다
　　푸르지는 못해도
　　곰팡이는 되지 말자고
　　굽은 등으로 일하러 간다

　　곰팡내 나는 아파트엔

곰팽이 같은 사람들이 살았다

– 「곰팽이」 전문

위 시는 폭우로 인해 재해를 입은 상황을 그리고 있다. "지난번 폭우 때 천장 물이 샜"고 외벽엔 여기저기 금이 갔으며 "옷이고 장롱이고" 곰팽이가 핀 상황이 이를 말해준다. "곰팽이 물을 마시고 / 곰팽이 핀 밥을 먹고 / 곰팽내 나는 공기를 마셨다"는 시구에서 드러나듯 서정적 자아와 '식솔들'의 삶은 온통 '곰팽이'에 잠식당해 있다. 이러한 자연재해는 어쩔 수 없었다고 쳐도 관리자들의 기만은 더욱 뼈아픈 것이었을 터다. 이런 사태를 대비해 수년 동안 걷어오던 '방수예치금'을 관리자들이 가로채고 "증빙자료가 없다"며 '오리발'을 내밀고 있기 때문이다. "곰팽내 나는 사내가 곰팽이 핀 옷을 입고 밥 벌러 간다"라는 자조 섞인 말은 이들의 뻔뻔한 행태와 대비되어 더욱 아프게 전달된다.

이 시는 특히 시적 의장의 측면에서 돋보이는 작품이다. 시에서 지나치게 많이 등장하는 '곰팽이'라는 기표에 다양한 기의가 미끄러져 가는 것이 그 하나이다. 1연의 "쉽게 지우지 못한 곰팽이"는 위험에 처할 때 더 두드러지는 가난의 낙인으로 의미화된다. 3연에서 서정적 자아는 "곰팽이가 되고 싶었다"고 하는데, 이때 '곰팽이'는 사람에게 여러모로 도움이 되는 '푸른곰팽이'이다. 5연에서는 이 의미가 다시 전복되는데 "푸르지는 못해도 / 곰팽이는 되지 말자고"에서 이를 확인할 수 있다. 여기서 '곰팽이'는 부패한 인간군상을 표상한다.

'곰팽이'라는 기표 또한 '곰팽내', '굼벵이', '곰팽이' 등의 유사한 음가를 지닌 기표로 건너가며 시의 의미를 직조해 내고 있다. "뒤뚱뒤뚱 걷는 오리"는 '오리발'을 연상시키며 관리자들의 파렴치함을 드러낸다. 또한 마지막 연의 '곰팽이'는 '곰팡이'의 방언인데, 시인이 군이 마지막 연에서만 '곰팽이'라는 방언으로 쓴 까닭은 "곰팽이 같은 사람들"이라는 시구의 의미의 확장성 때문이다. '곰팽이'는 "곰팡이는 되지 말자"의 '곰팡이'와 차별성을 띠는 동시에 '곰탱이'를 연상시킨다. 따라서 "곰팽이 같은 사람들"이라는 시구는 '몸에서 곰 팡이가 자라는' 지경에 이르렀으면서도, '푸른곰팡이'가 되고 싶어 하는 사람들, "곰팡이는 되지 말자고" 결심하며 '곰 팡내 나는 옷을 입고 굽은 등으로 밥 벌러 가는' 사람들, 그런 무던하고 미련하리만치 성실한 '곰탱이' 같은 사람들이라는 다층적인 의미를 함의하게 된다. 시인은 이처럼 인접성을 구 조적 특징으로 하는 환유적 기법을 통해 시의 리듬감과 의미 의 풍요로움을 살리고 있다.

산서면 벌판에 눈 내린다.
젖은 논바닥도 두럭의 검불도 다 덮어 버렸다.
찬바람 왕성한 벌판엔 저녁만 몰려올 뿐
오가는 사람이 하나 없다.
한 때를 다 놓아 버린 나무들이
푸르던 날들을 바라볼 때엔
한껏 피어올랐던 계절들이 추억처럼 피어오른다.
흩날리는 눈 속에 걸어오는 사람처럼
내가 내게서 분명치 않다.
일월도 끝이 나긴 할까
언 발을 굴러 제자리 뛰기를 하면

슬금슬금 추워지는
등짝의 이 한기가 가셔지기는 할 건가.
이월 달력을 넘기면 울타리 밑, 풀뿌리들이
땅 위로 제 목을 뽑아 올리느라
뿌리 근처 흙들이 고물고물 부풀어 오르고
그때쯤, 능수버들 가지들도 수상쩍었던가.
오르던 산행길, 뽑아 씹은 솔잎처럼
실팍한 버들의 눈을 깨물면
내 몸에도 푸른 피가 돌 건가.
찬 겨울 속, 나무들이 서 있다.
겨울을 건너는 사람들처럼
납빛의 사람들이 서 있다.

— 「벌판서 안부 묻다」 전문

'눈 내리는 벌판', "찬바람 왕성한 벌판", "저녁만 몰려올 뿐 / 오가는 사람이 하나 없"는 '벌판'은 서정적 자아와 '납빛의 사람들'이 살아가는 세계를 표상한다. 이러한 세계에서 서정적 자아는 '한기'와 '고립감'을 느낀다. 그리고 무엇 하나 분명한 것이 없다. "내가 내게서 분명치"도 않고, 겨울이 가면 봄이 오듯 얼음장 같은 현실도 시간이 지나면 나아질 것인지 알 도리가 없는 까닭이다. "일월도 끝이 나긴 할까"라든가 "등짝의 이 한기가 가셔지기는 할 건가", "내 몸에도 푸른 피가 돌 건가" 등에는 쇠락한 현실과 전망할 수 없는 미래로 인한 불안, 낙담 등의 정서가 함의되어 있다.

서정적 자아에게 세계는 이토록 황량하고 막막한 곳이다. 이러한 세계 속에서 자아가 "알곡 없이 빈 수숫대로 서 있"다는(「재 넘어 거기」) 느낌을 받는 것은 당연해 보인다. 그래서일까. 시인의 시에서 삶이란 '통째로 뽑히는 것', '버티며 살아내야 하는 것'(「갯벌」), '재생되지 않는 것'(「겨울나무」), '오래 참는 것'(「씨앗에 관한 단상」) 등으로 규정된다. '지금 여기'의 현실을 벗어나 "다 쭈그러진 내 삶이라도 부끄럽지 않은 곳"(「재 넘어 거기」)으로 도피하고자 하는 욕망을 드러내기도 한다.

중요한 것은 이 핍진한 현실로 인한 비탄의 정서가 자아에 한정되지 않는다는 사실이다. 위 시에서 세계와 '나'를 중심으로 펼쳐지던 시상이 '사람들'에게로 확장되고 있는 것에서 이를 확인할 수 있다. 이들은 "찬 겨울 속", "납빛으로" 서 있는 '사람들'이자 "겨울을 건너는 사람들"이다. 겨울 벌판에서 홀로 찬바람을 견디고 있는, 서정적 자아와 같은 처지에 있는 존재들인 셈이다. 시에서 구체적으로 언급하고 있지 않지만 "벌판서 안부 묻다"라는 제목에서 보듯 시인은 이들에게 '안부'를 묻고 있다. 시인의 시집을 꼼꼼히 읽고 나면 시인에게 시를 쓰는 행위 자체가 타자의 안부를 묻는 것과 다르지 않음을 알게 된다.

2.

시인의 시에서 세계는 대체로 춥고 불안하고 황량한 시공간으로 상정된다. 이러한 세계에서 존재들은 파편화되어 있는데, 그렇다고 해서 서정적 자아가 고립된 상태에 머물러 탄식하고 있는 것만은 아니다. 타자에게로 시선을 돌리고 그들의 '안부'를 묻고 있기 때문이다. 이러한 존재의 변이에는 자아에 대한 깊은 성찰이 매개되어 있다.

점심을 혼자 먹는다
찰랑거리는 맹물 속, 그릇바닥이 훤히 들여다보인다
마룻바닥에 퍼질러 짠지 해서 밥을 먹으면
등골이 서늘해지기도 하는 것이다
살면서 너무 큰 것 바라지 않았는가 생각 드는 것이다

짠지 하나로 밥을 먹으면
짠지 해서도
온전하게 밥을 먹을 수도 있다는 것 알고 나면
한 수저에도 더 많이 얹으려 한 내가
이것저것 더 많이 가지려 한 내가
무감동에 하루를 건너가려던 내가
내게 죄스러운 것이다

달랑 짠지 해서 밥을 먹으면
온몸 하나로 흰쌀밥 대적하는
맹물 속 짠지 닮고도 싶은 것인데 실은,

살면서 안팎으로 온통 짜진 내게
짜지도 싱겁지도 않은 딱, 그 중간에
보편적인 긍정으로 소금간을 치고 싶은 것이다

　　　　　　　　　　　　　　－「짠지 해서 밥 먹는다」 전문

　이 시는 밥을 먹는 일상적 행위에서 자신의 삶에 대한 태
도를 깊게 성찰하는 과정을 그리고 있다. 이 시에서는 '짠
맛'의 의미의 변주를 눈여겨볼 만하다. '짠지', 혹은 '짠

맛' 이 2연에서는 '가난'의 표상으로, 3연에서는 세계에 '대적하는' 힘으로, 4연에서는 살면서 방어적이거나 옹색해진 마음으로 의미화되고 있기 때문이다. 이러한 의미의 변주는 시어가 거느리는 의미의 폭을 확장할 뿐만 아니라 구현하는 시적 세계의 풍요로움에 기여한다.

　서정적 자아는 밥을 먹으면서 "등골이 서늘해지"는 것을 느낀다. "짠지 하나로 밥을 먹으면"서, '짠지 하나'로도 "온전하게 밥을 먹을 수도 있다는 것"에 생각이 이르렀기 때문이다. 이는 곧 그동안 "더 많이 얹으려 한", "더 많이 가지려 한" 자신을 알아차리는 단계로 나아가게 된다. 욕망하는 자의 시선은 미래를 향해 있기 때문에 현재는 늘 유보될 뿐이다. 또한 자본주의 시스템과 맞물려 있는 현대인의 욕망은 끊임없이 재생산된다. 만족을 모른다는 의미이다. 욕망하는 자아가 "무감동에 하루를 건너"갈 수밖에 없는 까닭이 여기에 있다. 서정적 자아는 그런 자신에게 '죄스러움'을 느낀다.

　겨울 벌판과 같은 세계에서 홀로 고투하는 자아는 "온몸 하나로 흰쌀밥 대적하는 / 맹물 속 짠지"처럼 강한 힘을 갖고 싶기도 하다. 그것이 물질이든, 그 어떤 것이든 말이다. 그러나 이 욕망은 곧바로 "살면서 안팎으로 온통 짜진" 자신에 대한 알아차림으로 무화된다. 이를 통해 서정적 자아는 "짜지도 싱겁지도 않은 딱, 그 중간"을 염원하기에 이른다. 이 '중간'이란 "보편적인 긍정"으로 가변적인 외부 조건에 흔들리지 않는, 있는 그대로의 자아와 삶에 대한 긍정을 의미하는 것일 터다. 이러할 때 자아의 하루는 비로소 감동과 감사로 채워지게 될 것이다.

서리를 밟고 대숲으로 들어간다
숲이 우려낸 공기가 아침햇살에 파랗게 번진다
두 뼘마다 박힌 마디, 고비마다 마디를 딛고 일어섰다
쓱싹쓱싹 한 움큼의 톱밥을 쏟으며 겨울 대를 썬다
금방이다, 한 생이 끝나는 건 금방이다
푸른 대, 시신을 끌고 산길을 내려온다
울퉁불퉁한 길의 요철이
형해形骸를 타고 올라 소리씨를 만든다
마디마다 생겨난 소리씨들이
마디 속을 통통 튕겨 소용돌이로 솟구친다
벽에 부딪쳐 다시 튕기는 탱탱한 소리 공,
막힌 마디를 넘은 소리가 대숲에 퍼진다
마디와 마디 사이의 막힌 일상 속에서
내 생각의 중심은 어디일까
톱날에 댄 마디처럼
막힌 흉중의 한가운데를 저 톱날에 썰어 볼까
싸락눈 내리는 한밤중, 대숲은 적막하다
싹둑 잘린 아픈 마디에 푸른 피가 흥건하다
땅 속, 뿌리 진동에 귀 기울일 적에
저 아래 죽순 움트는 소리가 올라온다
베어진 자리 옆이다

- 「푸른 공명」 전문

「푸른 공명」은 시집의 표제작으로, 자연에서 존재와 삶에 대한 깊은 통찰을 이루어내는 이희수 시인의 특징이 잘 드러난 작품이다. 서정적 자아는 대나무를 "고비마다 마디를 딛고 일어"서는 존재로 인식한다. 대숲에서 겨울 대를 잘라 산길을 내려오는 과정에서 자아는 대나무의 '마디마디' 소리가 담겨 있고 '마디'와 '마디' 사이에서 공명을 일으키는 것으로 사유를 확장해 나간다. 이를 인간의 삶에 대비시키면 '마디'는 위기, 고통, 상처 등의 흔적으로 의미화할 수 있을 것이다.

삶은 크고 작은 상처와 고통의 연속이라고 할 수 있다. 어려움이 없는 삶이란 있을 수 없기 때문이다. 그것이 누구이든, 그가 얼마나 높이 있든, 얼마나 많이 가졌든 말이다. 인간은 그것을 딛고 일어서 다시 한 걸음 나아가야 하는 숙명을 지닌 존재이다. '아픈 만큼 성숙해진다'는 유행가 가사도 있고 '나를 죽이지 못하는 고통은 나를 더욱 강하게 만들 뿐'이라는 니체의 아포리즘도 있듯 시련과 상처는 인간을 성장시키고 지금까지의 자신과는 다른, 새로운 존재로 건너가게 한다. 이것이 '마디'가 표상하는 바일 터다.

그런데 서정적 자아는 대나무의 마디가 일으키는 '푸른 공명'과는 달리 자신 삶의 마디와 마디 사이에는 그저 '막힌 일상', '막힌 생각', '막힌 가슴'이 있었을 뿐이라는 사실을 자각하게 된다. "봄이 와도 종달새 하나 날아오르지 못"하는 꽉 막힌 공간이 자아의 마디와 마디 사이라는 것이다. 시련과 상처가 주는 의미를 일상의 중력에 묻어 버리고 어제와 같은 생각을 하고 어제와 같은 오늘을 살았다는 뜻이리라. 이는 "무감동에 하루를 건너가려던 내가 / 내게 죄스러운 것"(「짠지 해서 밥 먹는다」)이라는 성찰과 동일한 맥락에 놓이는 것이기도 하다.

"싸락눈 내리는 한밤중, 대숲은 적막하다". "저 아래 뿌리 움트는 소리가 올라"오는데 그곳은 바로 "베어진 자리

옆"이다. 이는 고통과 상처가 존재를 '키우고' 새로운 존재
로 거듭나게 한다는 의미를 청각적 이미지로 형상화한 것이
다. 이제 상처는 시인에 의해 '푸른 공명'이라는 공감각적이
고도 존재론적인 이름을 입게 되었다.

3.

「푸른 공명」에는 유난히 사회적으로 소외된 존재나 상처
를 내재한 존재들이 많이 등장한다. 지나간 가난이지만 아
직도 "한번 먹을 때 밥을 많이 먹는 여자"(「밥」), 파지 줍는
"남루한 한 사람"(「중앙선 밟고 리어카 간다」), 바다에 가
족을 모두 잃은 사람(「바닷가 소식」), 버스 정거장에서 야채
를 파는 "구부정한 노파"(「버스 정거장 야채를 판다」), "집
이 어딘지 식구는 몇인지 나이도 이름도 알지 못하는" 노숙
자(「황제처럼」) 등등 이루 헤아리기 어려울 정도이다. 이들
은 대체로 가난하고 무력한 이들로 어떻게든 살아보려고 안
간힘을 쓰는 존재들이다.

시인은 이들의 이야기를 듣고 이들의 설움을 서정화한다.
중요한 것은 시인이 이들에게서 어떤 힘을 발견한다는 사실
이다. 그 힘이란 타자를 누르려는 힘, 타자를 자아화하려는
힘이 아니라 타자와의 경계를 허무는 힘, 타자 쪽으로 기우
는 힘이다. 그러므로 이는 곧 절실하고 처연한 이들이 지닌
역설적인 힘이라 할 수 있겠다.

겨우내 일거리 없는 아버지

먼 지방, 일터로 간다며
누이가 끓여준 저녁밥 들고 나선다
열린 방문 틈으로 안 마당이 슬금슬금 어두워졌고
그 속을 펑펑 함박눈 쏟아졌다
때 절은 내복의 형제들 이불 속에서
흑백 티브이만 보고 있었다
엄마 없는 틈새를 지켜 낸 누이
누이만 아버지를 따라나섰다
허름한 아버지를 따라 어귀까지 갔는지
좀처럼 오지 않았다
찬바람과 함께 들어선 눈가가 벌겋다

- 「동지 밤」전문

위 시는 가난했던 유년의 어느 하루를 그리고 있는 작품
이다. 서정적 자아의 감정은 배제된 채, 마치 영화의 몽타주
기법처럼 한 장면 한 장면, 그 상황만이 제시되고 있다. 가
령 방 안에서 밥을 먹고 있는 아버지, 함박눈이 쏟아지는 안
마당, 때 절은 내복의 형제들, 아버지를 따라 나서는 누이,
다시 방으로 들어서는 누이를 차례로 보여주는 식이다. 등
장하는 인물들의 감정은 표현되어 있지 않지만, 시공간적
배경과 상황만으로도 서글픔, 처연함, 불안 등의 정서가 직
조되고 있다. 오히려 언어에 한정되지 않아서인지 이 시에
서 표현되지 않은 정서는 더욱 복합적으로, 깊게 전달되고
있다.

"겨우내 일거리가 없는 아버지", 아이들을 굶길 수는 없
기에 어쩔 수 없이 '아이들만'을 남겨 놓고 "먼 지방, 일

터”로 떠나야 하는 아버지의 마음은 얼마나 처연할 것인가. “엄마 없는 틈새를 지켜 낸 누이”, 이제 아버지마저 없이 철모르는 형제들을 돌봐야 하는 누이의 마음은 또 얼마나 불안하고 서러울 것인가. ‘동지 밤’이라는 시의 제목에서도 간취할 수 있듯 이들은 지금 겨울의 ‘가장 긴 밤’을 건너고 있는 중이다.

감정을 배제하고 있음에도 시의 한 행 한 행은 많은 정서를 거느리고 있다. 특히 누이를 중심으로 한 묘사가 그러하다. 이 시에서 초점화되는 대상은 ‘누이’이다. 표층적으로는 대상의 초점화가 균등하게 분할되는 것처럼 보이지만 서정적 자아에게나 독자에게나 깊이 각인되는 것은 누이와 관계된 공간, 행위, 상태이기 때문이다. 가령 “좀처럼 오지 않았다”라는 대목에서 독자의 시선은 오래 머물게 된다. 그것이 “허름한 아버지를 따라 어귀까지 갔”기 때문인지, 아버지를 보내고 한참 동안 울고 온 때문인지 알 수 없다. 그 시간의 간극은 상상으로 메울 수밖에 없다. 단지 “찬바람과 함께 들어선” 누이의 “눈가가 벌겋다”는 사실에서 그 심정을 유추할 뿐이다.

철없는 형제들은 물론이거니와 아버지나, 누이까지도 세상의 기준으로 보면 무력하기 짝이 없는 존재들일지 모른다. 그러나 서로에게는 없어서는 안 될 존재이자 의지해야 하는 존재들이다. “좀처럼 오지 않았던” 누이의 부재의 시간과 “찬바람과 함께 들어선 눈가가 벌”건 누이의 존재는 이들이 어떻게 긴 겨울의 시간을 견딜 수 있는지를 보여준다. 무력한 이가 어쩌지 못하는 그 무력함으로 이 관계를 단단하게 엮고 있는 것이다. 누이는 그저 함박눈 쏟아지는 길을 따라나서 아버지와 함께 걸어주는 것밖에 할 수 있는 일이 없지만, 그 길에서 아버지는 딸의 처지를, 딸은 아버지의 마음을 헤아리지 않았을까.

> 똥방개 같은 애들과 조석은 잘 끓여 먹을까
> 홀아비 남동생이 못내 안쓰러웠다
> 한겨울 한강의 빙판을 내내 걸어오신 노구의 몸
> 아버지는 고모를 데리고 미사리 언 강을 다시 건넌다
> 아버지도 고모도 내내 말이 없다
> 다만 투박하고 못 박힌 손을 서로 놓지 않는다
> 강이 풀리면 광진교 넘어 워커힐을 돌아 덕소로 간다
> 육순 남동생이 칠순 누이를 데리고 간다
> 논물 따라 강물 따라 구리 지나 덕소로 간다
> 쉬거니 걷거니 했을 늙은 오누이의 고단하고 노쇠한 먼, 길
> 앞서거니 뒤서거니 내내 따라오며
> 위로가 되어주던 덕소 가는 저만큼
> 진달래 핀다
>
> — 「덕소 가는 길」 전문

'육순의 홀아비 남동생'과 '칠순 누이', 이들도 가진 것 없고 '노쇠'한, 무력한 존재들에 속한다. '늙은 누이'는 '홀아비 남동생'과 아이들이 걱정되어 '노구의 몸'으로 "한겨울 한강의 빙판을 내내 걸어"온다. '육순의 남동생'은 '칠순 누이'를 데려다 주기 위해 "미사리 언 강을 다시 건넌다." '누이'가 온다고 해서 달라지는 것은 없다. 오히려 두 '노구의 몸'에 걸어야 할 '고단하고 먼 길'이 덤으로 주어졌을 뿐이다. 경제적으로나 효율적인 측면에서 볼 때 무모한 행위라

할 수 있을 것이다.

  그러나 이 무력하고도 무모한 행위가 '위로'를 생산한다. 비록 "늙은 오누이의 고단하고 노쇠한 먼, 길"이지만 "투박하고 못 박힌 손을 서로 놓지 않는" 것에서 그 무엇도 대신할 수 없는 '위로'를 서로에게 전하고 있음을 알 수 있다. 이것이 절실하고 처연한 이들의 힘이 아닐까. 이러한 힘들이 모인 세계는 분명 따뜻하고 단단할 것이다.

파인 자리는 상처였을까
아름드리 저 상수리
마디마다 옹이 박혔다
쓰게 건너온 눈물 자리마다
관솔불 파랗다
폭풍이 오려는지
저녁 숲에선 물비린내 난다
숲의 만灣에서 나무는
배를 까뒤집어 뿌리째 뽑히지 않는다
달이 뜨면 옹이 진 자리 욱신거린다
가슴에 박힌 멍이 깊어지기 때문이다
새소리 귀를 찢는 아침
저마다 햇볕 향해 오르느라 들썩인다
숲, 옹이 박힌 나무들로
더 단단해진다

–「단단한 숲」 전문

  서정적 자아는 '아름드리 상수리 나무'의 마디마다 박힌 '옹이'를 보며 '상처'를 떠올린다. 베이고 파인 자리

가 시간이 지나면서 옹이가 되기 때문이다. '옹이'를 '눈
물 자리'로 표현한 까닭도 동일한 맥락에서이다. 이 시에서
는 시상의 전개가 눈길을 끈다. '상처'에서 '눈물'로, '눈
물'에서 '폭풍'과 '물비린내'로, 그것이 바다를 연상케 하
는 '만'으로 나아가는 시상의 전개가 자연스러우면서도
이채롭기 때문이다.

"숲의 만灣에서 나무는 / 배를 까뒤집어 뿌리째 뽑히지
않는다"라고 단언하고 있는데 시인은 그 까닭을 '깊어진 옹
이'에서 찾는 듯하다. 어둡고 긴 밤의 시간, 옹이 진 자리의 욱
신거림을 견디고 나면 새소리 들리는 아침이 올 것이고 "저
마다 햇볕을 향해 오르느라 들썩"이는 낮을 보내게 될 것이
다. 그런 하루하루가 쌓여 한 존재의 일생이 되는 것이 아니
겠는가.

'옹이'는 나무를 단단하게 만들고 '숲'은 또 "옹이 박힌
나무"들로 더 단단해진다. '숲'은 삶의 표상이기도 하지만
존재와 존재가 모여 이룬 이 세계를 표상하는 것이기도 하
다. 그렇다면 이 세계는 "옹이 박힌 나무들", 곧 상처 입은
존재들로 더 단단해진다는 의미가 성립하게 된다. 이러한
메커니즘이 절실하고 처연한 존재들의 역설적 힘과 긴밀하
게 연결되어 있음은 물론이다.

시인의 시를 읽다 보면 짠한 웃음을 웃게 될 때가 있다. "눈
을 떴다 감았다 하는 갈치가 한 마리에 백 원 / 열 마리 한
박스에 천 원."이라는 갈치장수의 "빤한 저 거짓말"(「갈치
장수의 노래」)에 웃고, 얼마냐고 묻는 '가난한 아줌마'의
물음에 "하나도 천 원 둘도 천 원"(「바지락」)이라고 답하는

바지락 장수의 실없는 농담에 또 한 번 웃는다. 이들은 가난한 손님들의 망설임과 경계를 농담으로 무화시키는데 그것은 부담스럽지도 무심하지도 않은 사소한 배려를 품고 있는 것이어서 짠하면서도 흐뭇한 웃음을 짓게 된다.

『푸른 공명』의 주인공은 황량한 벌판에서 '겨울을 건너는 사람들'(「벌판서 안부 묻다」)이다. 다양한 상처를 안고 있는 이들, 실존적 고통 속에서도 묵묵히 혹은 어떻게든 하루를 살아내는 이들이 바로 '겨울을 건너는 사람들'이다. 이들은 거창하게 사랑이나 희생을 말하지도, 큰 소리로 정의를 외치지도 않는다. 그저 한풀이 이야기를 귀여겨들어준다거나, 실없는 농담으로 경계를 허무는 일, 함께 걸어주고 함께 우는 것이 전부인 사람들이다. 이런 행위로 실업이나 가난과 같은 외부적 환경을 바꿀 수 없음은 물론이다. 그러나 경제적으로 무가치한 이 사소한 행위나 마음이 소외된 존재들로 하여금 '긴 겨울'을 건너가게 하는 힘, '단단한 숲'을 이루게 하는 힘이 될 것이라는 사실 또한 자명하다. 이것이야말로 시인이 부단히 세계에 안부를 묻는 까닭이자 '푸른 공명'이 함의하는 바가 아닐까.

박진희 ㅣ 문학평론가

시와정신시인선 52

푸른 공명

ⓒ이희수, 2024

초판 1쇄 | 2024년 10월 15일

지 은 이 | 이희수
펴 낸 곳 | 시와정신사
주   소 | (34445) 대전광역시 대덕구 대전로1019번길 28-7, 2층
전   화 | (042) 320-7845
전   송 | 0504-018-1010
홈페이지 | www.siwajeongsin.com
전자우편 | siwajeongsin@hanmail.net

공 급 처 | (주)북센 (031) 955-6777

ISBN 979-11-89282-71-4   03810

값 10,000원